KB197236

 책곰이 안내문

하나. 책장 끝을 접어 보자.

끝까지 한 번에 읽지 않아도 돼.

둘. 소리 내서 읽어 보자. 틀려도 괜찮아.

셋. 모르는 단어가 나오면 무슨 뜻일지 상상해 보자.

책을 다 읽은 뒤에는 단어장을 확인해 볼까.

읽기 독립을 준비하는 어린이 독자에게

어릴 때는 부모님과 함께 그림책을 읽었지요? 요즘 책 읽기가 힘들다고 느끼나요? 조그만 종이에 그림은 적고 글자는 많은 책을 읽으려니 당연히 힘들 거예요.

너무 어렵거나 재미없는 책은 펼치지 않아도 돼요. 일단 재미있는 책을 찾아보세요. 책 한 권을 한 번에 다 읽지 않아도 돼요. 한 쪽씩, 몇 문장씩만 읽어도 괜찮아요. 재미있으면 다음번에는 한 쪽만 더 읽어 보세요. 그러다 보면 어느새 한 권을 다 읽게 될 거예요. 좋은 책에는 그런 마법 같은 힘이 있거든요. 그렇게 한 걸음씩 '힘센 독자'가 되는 거랍니다.

책을 읽다가 모르는 낱말이 나오면 어떻게 하나요? 부모님께 뜻을 묻는 친구도 있고, 어렵다고 책을 덮어 버리는 친구도 있겠지요. 이때 가장 좋은 방법은 '이 낱말은 무슨 뜻일까?' 하고 궁금해하는 거예요. 낱말 앞뒤에 놓인 이야기를 읽고, 그 뜻을 헤아려 보는 것이지요. 그렇게 계속 읽다 보면 내 생각이 맞는지 확인할 수 있어요.

그러고 나서 어른들에게 낱말 뜻을 물어보거나, 사전을 찾아보아도 좋아요. 앞으로 생활하면서 그 낱말을 꼭 다시 만나게 될 거예요. 책에서 처음 본 낱말을 여러 번 만나다 보면, 그 낱말은 내 낱말이 된답니다. 책을 꾸준히 읽으면 낱말 부자가 될 수 있어요.

책을 읽을 때 한 쪽씩은 소리 내어 읽어 보세요. 자꾸자꾸 소리 내어 읽다 보면 틀리지 않고 또박또박, 느낌까지 살려 읽을 수 있게 되지요. 그게다가 아니에요. 읽는 힘이 세지면, 내용을 이해하기도 더 쉬워진답니다. 한 글자 한 글자 바르게 읽어 내는 데 힘을 많이 쏟지 않아도 되니까요.

책을 읽으면 생각하는 힘도 쑥쑥 자라요. 독서는 우리 뇌를 고루고루 튼튼하게 만드는 아주 좋은 운동이거든요. '왜 이런 일이 생겼을까?', '그래서 이렇게 되었구나!', '이런 뜻이 맞을까?', '다음에는 어떤 일이 벌어질까?'처럼 계속 생각하며 읽는 것이 좋아요. 일부러 노력하지 않아도 괜찮아요. 정말 재미난 책을 만나면 저절로 그렇게 될 거예요.

내 힘으로 책 한 권을 읽으면, 책을 읽기 전과는 다른 사람이 됩니다. 그 놀라운 여행을 시작해 보세요. 앞으로 여러분은 얼마나 더 멋진 사람이 될까요?

서울대학교 아동가족학과 교수 **최나야**

글 장희정

대학교와 대학원에서 심리학을 공부했어요. 낮에는 심리 치료실에서 어린이들과 마음을 나누며 상담하고, 밤에는 어린이들의 마음을 담은 동화를 쓰고 있어요. 《찾기 대장 김지우》로 비룡소 문학상 대상을 받았고, 《미움 일기장》, 《거꾸로 인사법》, 《일주일 안에 인싸 되기》 들을 썼어요.

그림 김이조

설치 미술가로 활동하다가 그림책 작가가 되었어요. 지금은 문경에서 그림을 그리면서 살고 있어요. 어린이들이 제가 그린 그림을 보면서 웃을 수 있기를 바라요. 그림을 그린 책으로 〈병만이와 동만이 그리고 만만이〉 시리즈를 비롯해 《김치 특공대》, 《번개 세수》, 《꿀꺽 쓰레기통》, 《으라차차 달고나 권법》, 《손가락 요괴》, 《몰래몰래 공주님》 들이 있어요.

놀이터의 비밀

장희정 글 ✦ 김이조 그림

수연이 양말 한 짝이 사라졌어.

미끄럼을 탈 때 잠깐 벗어 두었거든.

그런데 집에 가려고 보니까 한 짝이 없는 거야.

미끄럼틀 계단에도 없고,

등나무 아래 긴 의자에도 없어.

그네 밑에도, 시소 위에도, 아무 데도 없어.

수연이는 하는 수 없이 양말 한 짝만 들고
털레털레 집으로 갔어.
"벌써 몇 번째야? 다시 가서 찾아 봐!"
엄마는 도끼눈을 떴어.
수연이는 양말을 그대로 쥐고 되돌아 나왔어.

미끄럼틀 계단부터 꼭대기까지 샅샅이 살폈어.

시소 옆에도 없어. 그네 위에도 없어.

등나무 아래 긴 의자 밑에도 없어.

화단 나무 사이사이까지 들여다보았지만

양말 한 짝은 어디에도 없었어.

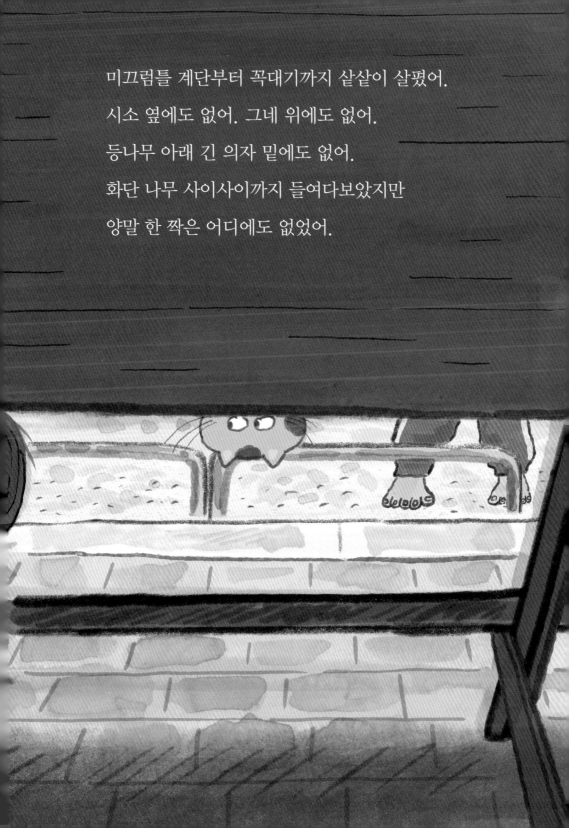

"아, 도대체 어디 있는 거야!"
등 뒤에서 투덜거리는 목소리가 들렸어.
딱 수연이가 하고 싶은 말이었지.
깜짝 놀라서 뒤를 돌아보았어.
며칠 전에 전학 온 민호였어.

"너도 뭐 잃어버렸어?"

수연이가 큰 소리로 물었어.

민호가 운동화 한 짝을 들어 보였지.

수연이는 양말 한 짝을 높이 흔들었어.

둘은 한꺼번에 웃음을 터트렸어.

수연이와 민호는 나란히 그네에 앉았어.

수연이가 발을 굴러 그네를 밀었어.

"너도 이 동네 살아?"

수연이가 물었어.

민호는 두 발을 힘껏 들어 올렸어.

"응, 그런데 놀이터에 올 때마다 뭘 잃어버려."

수연이가 한쪽 발로 그네를 **딱** 멈추었어.

"진짜? 나도! 전에는 이런 적 없는데."

민호가 사방을 **휘휘** 둘러보았어.

그러더니 수연이에게 속삭였어.

"놀이터에 도둑이 있나 봐."

수연이는 갑자기 머리끝이 **쭈뼛쭈뼛** 솟았어.

"헉, 도둑?"

"그래, 도둑!"

민호가 대답했어.

수연이가 고개를 갸웃하며 물었어.

"그런데 도둑이 왜 한 짝씩만 훔쳐 가지?

양말도 한 짝, 신발도 한 짝만 가져갔잖아."

민호가 **곰곰** 생각하더니 말했어.

"아, 도둑이 아니라 도깨비인가? 우리 할머니가 그랬거든.

도깨비들이 장난을 좋아한다고."

"도, 도깨비?!"

수연이가 놀란 토끼처럼 눈을 동그랗게 떴어.

"도둑인지 도깨비인지 우리가 알아내자!"

민호가 주먹을 **불끈** 쥐고 외쳤어.

"좋아! 그런데 어떻게 하지?"

수연이 말에 민호는 주머니에서 무언가를 꺼냈어.

바닥에 던지면 둘로 쪼개지는 장난감이었어.

"아, 미끼구나!"

"응. 여기 두고 조금 기다려 보자."

민호가 장난감을 둘로 쪼개서 미끄럼틀 아래에 두었어.

둘은 화단 뒤로 **살금살금** 걸어갔어.

놀이터는 조용했어. 햇볕이 **따끈따끈** 등을 데워 주었지.

수연이는 눈이 **스르르** 감길 것 같았어.

그때였어.

"어? 저기 좀 봐."

민호가 아주 작게 소리쳤어.

수연이는 눈을 **번쩍** 떴어.

미끄럼틀 아래 땅이 **꿈틀꿈틀** 움직이지 뭐야.

수연이 가슴이 **발랑발랑 콩닥콩닥** 날뛰었어.

민호 손은 축축하게 젖었어.

한 번 더 **꿈틀**,

땅이 용틀임하더니 **스르륵**.

장난감 한 조각이

거짓말처럼 사라졌어.

수연이와 민호는 놀라서 서로를 보았어.

"봤어? 너도 봤지?"

"어. 나도 봤어."

꿈을 꾼 것이 아니었어.

민호와 수연이는 **후다닥** 미끄럼틀로 달려갔어.

장난감은 반쪽만 **덜렁** 남아 있었어.

"사라졌어!"

둘은 약속한 것처럼 땅을 파기 시작했어.

장난감을 두었던 바로 그 자리야.

하지만 파고 파고 또 파도 아무것도 없었어.

수연이는 그만 바닥에 **털썩** 주저앉았어.

"아, 힘들어."

민호도 손에 묻은 흙을 **툭툭** 털었어.

"도대체 뭐지?"

"우리, 한 번만 더 해 볼까?"
민호가 수연이 귀에 대고 **소곤소곤** 말했어.

"뭔데? 뭘 해 봐?"

둘 사이로 웬 여자아이가 얼굴을 **불쑥** 내밀었어.

"앗, 깜짝이야!"

민호는 놀라서 **벌러덩** 넘어졌어.

수연이가 **깔깔** 웃더니 인사했어.

"유빈아, 안녕?"

수연이보다 한 살 어린 유빈이야.

"수연이 언니, 안녕? 이 오빠는 누구야?"

"우리 반에 전학 온 친구야."

그제야 민호도 몸을 일으켜 인사했어.

"안녕? 나는 송민호야."

"어. 난 일곱 살 김유빈. 언니랑 오빠랑 뭐 해?"

민호와 수연이가 조금 전 일을 말해 주었어.

"나도 놀이터에서 슬리퍼 한 짝 잃어버렸는데!"

유빈이 눈이 똥그래졌어.

"틀림없이 도둑 도깨비 짓이야."

수연이가 말했어. 유빈이 눈이 더 크고 똥그래졌어.

"도둑 도깨비이?!"

"쉿!"

수연이가 얼른 손가락을 입에 대었어.

"그래서 아까처럼 한 번 더 해 보려고."

민호가 바닥을 가리켰어.

눈치 빠른 유빈이가 얼른 머리를 풀었어.

그러고는 머리끈 한 쌍을 바닥에 두었어.

"이러면 되겠지?"

민호와 수연이는 말없이 엄지를 치켜들었어.

셋은 몸을 낮추고 미끄럼틀 뒤로 갔어.

계단 아래 **납작** 엎드렸지.

"진짜 도둑 도깨비가 있을까?"

유빈이가 눈을 반짝거리며 물었어.

수연이와 민호는 진지하게 고개를 끄덕였어.

유빈이는 수연이 옷자락을 **꼭** 쥐었어.

얼마나 지났을까?

아까 거기서 땅이 또 꿈틀거리기 시작했어.

수연이는 슬며시 몸을 일으켰지.

머리끈에 달린 고양이 장식이 **파르르** 움직이자마자,

수연이가 재빨리 미끄럼틀 아래로 몸을 날렸어.

"잡았다!"

수연이가 머리끈 한쪽을 붙잡고 외쳤어.

곧바로 민호가 달려와 수연이 허리춤에 매달렸어.

머리끈은 자꾸만 땅속으로 빨려 들어갔어.

어느새 유빈이도 다가와 민호를 **꽉** 붙들었어.

수연이와 민호와 유빈이는 온 힘을 다해 버텼어.

"이 나쁜 도둑! 절대 안 놓쳐!"

수연이가 소리를 **꽥** 질렀어.

그 소리에 지나가던 승준이가 달려왔어.

"뭐? 도둑이라고?"

"어! 일단 당겨!"

유빈이 말에 승준이가 유빈이를 **꼭** 잡았어.

무슨 일인 줄도 모르고 힘껏 당겼지.

승준이는 얼굴까지 새빨개졌어.

"승준아! 내가 도와줄게!"

건이가 **헐레벌떡** 달려왔어.

건이는 승준이를

꽉 붙들었어.

승준이는

유빈이를 잡고,

유빈이는 민호를 잡고,

민호는 수연이를 잡고,

수연이는 유빈이 머리끈을

힘주어 잡아당겼어.

수연이가 소리쳤어.

"얘들아, 힘내자!"

"이야야아아압!"

뿍!

발라당발라당. 아이들이 **줄줄이** 나자빠졌어.

수연이는 엉덩방아를 찧으면서도 머리끈을 놓지 않았어.

한쪽 끝에는 어른 손바닥만 한 털 뭉치가 매달려 있었어.

아이들이 동그랗게 둘러서서 말했어.

"이게 뭐야?"

"털 난 도깨비?"

"뽀글이 괴물?"

그때 털 뭉치가 한바탕 몸을 흔들었어.

젖은 머리카락을 터는 것처럼 말이야.

그러더니 갑자기 눈을 **번쩍** 떴지.

"눈이 있어!"

건이가 말했어.

"입도 있어!"

승준이도 말했어.

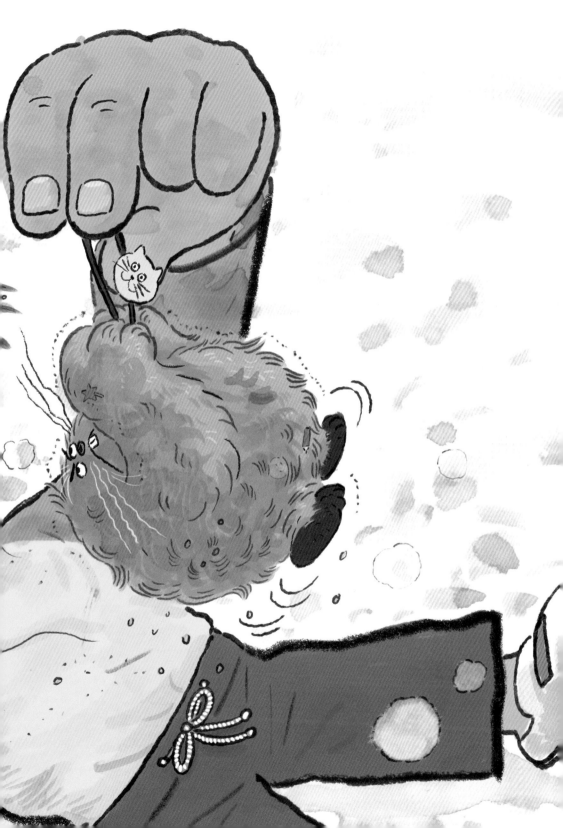

"난 도깨비가 아니야! 괴물도 아니고!"

털 뭉치가 대꾸했어.

"그럼 뭔데? 작으니까 쪼그미?"

유빈이가 궁금하다는 듯이 물었어.

"쪼그미? 그 이름은 마음에 드는군.

그래, 난 쪼그미야."

아이들은 허리를 숙여 쪼그미를 들여다보았어.

털 뭉치 같은 쪼그미는

온몸에 무언가를 **주렁주렁** 매달고 있었어.

"어? 이거 내 양말이잖아!"

"내 운동화랑 장난감 반쪽도 있어!"

유빈이의 슬리퍼 한 짝도, 승준이의 왼쪽 토시도 다 있었어.

"도둑 맞네!"

수연이가 화난 목소리로 말했어.

털 뭉치, 아니 쪼그미는 **꿀렁꿀렁** 온몸을 흔들었어.

쪼그미 눈에 눈물이 **그렁그렁** 고였어.

"배고파서 그랬어."

쪼그미가 우니까 다들 깜짝 놀랐어.

"어머, 불쌍해. 울 정도로 배가 고팠어?"

아이들은 쪼그미에게 먹을 것을 주었어.

먼저 유빈이가 주머니에서 젤리를 꺼냈어.

건이는 사탕을 내밀었고, 민호는 초콜릿을 주었지.

쪼그미는 **훌쩍훌쩍** 울면서도 **날름날름** 받았어.

그러고는 자기 몸에 **주렁주렁** 매달지 뭐야.

그 모습을 보고 아이들이 **깔깔** 웃었어.

그런데 쪼그미 몸이 조금씩 부푸는 거야.

건이가 외쳤어.

"어, 커졌네! 몸에 매달기만 했는데 배가 불러?"

"사탕이나 젤리 때문이 아니야."

농구공만큼이나 커진 쪼그미가 말했어.

"그러면 몸이 왜 커졌는데?"

민호가 묻자, 쪼그미는 신나서 대답했어.

"웃음을 먹었지! 나는 너희가 웃을 때 떨어지는
웃음 부스러기를 먹거든."

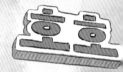

쪼그미는 **쩝쩝** 소리를 냈어.

생각만 해도 맛있는 모양이야.

아이들은 여기저기 **휙휙** 둘러보았어.

어디에도 웃음 부스러기 같은 것은

보이지 않았지.

"그러면 물건은 왜 가져간 거야?"

수연이가 물었어.

"음, 아이들이 놀이터에 잘 안 오니까.

웃음소리도 안 들리고 배가 고팠거든."

모두 어리둥절한 얼굴로 쪼그미를 보았어.

"그게, 양말 한 짝이나 장난감 반쪽만 없어지면
찾으러 다시 올 테니까……."
쪼그미는 자신 없이 말했어.

"에이, 그러면 놀이터에 더 안 오지."

"맞아. 물건을 잃어버렸는데 웃음이 나겠어?"

건이와 승준이가 말했어.

다른 아이들도 고개를 끄덕였어.

"어떻게 하면 아이들이 놀이터에 많이 올까?"

쪼그미는 눈을 반짝이며 물었어.

아이들은 모두 생각에 잠겼어.

"그러고 보니까 학교 다니면서부터 놀이터랑 멀어졌네."
수연이가 말했어.

"나도 요즘 태권도 가느라 올 시간이 없었어."

유빈이도 맞장구를 쳤지.

그러자 민호가 시무룩하게 말했어.

"놀이터 와도 혼자 노니까 재미가 없더라.

쪼그미도 나처럼 심심했겠다."

"이제부터 나랑 같이 놀자! 쪼그미, 내가 자주 올게!"

수연이가 민호와 쪼그미를 번갈아 보았어.

"우리는? 우리도 같이 놀자!"

건이랑 승준이도 외쳤어.

우리도 같이 놀자!

"이제 쪼그미 배 안 고프겠네."

유빈이 말에 쪼그미가 **헤벌쭉** 웃었어.

"다들 고마워."

쪼그미는 아까 받은 사탕과 초콜릿과 젤리를
아이들에게 돌려주었어.
한두 개였던 간식이 세 개, 네 개로 늘어나 있었어.
"어? 사탕이 많아졌다!"
"어떻게 한 거야?"
"내가 마법을 조금 부리거든."
쪼그미가 우쭐거렸어.
"우리한테서 가져간 물건은
그대로인데?"
유빈이가 다시 물었어.

"음…… 몰래 가져온 거라서 그래.
받은 것은 늘릴 수 있지만
훔친 것은 못 늘리거든."
쪼그미는 머리를 긁적였어.

그때 민호가 외쳤어.

"바로 그거야! 가져가지 말고 만들어 주면 어때?

그러면 놀이터에 아이들도 많아지고,

웃음 부스러기도 엄청 많아질걸?"

"나는 없던 것을 새로 만들지는 못해.
하나를 여러 개로 늘릴 수는 있지만."
쪼그미 말에 너도나도 외쳤어.
"나 젤리 하나 더 있어!"
"나도 여기 과자!"
"스티커도 돼? 같이 붙이면서 놀자."

아이들은 먹고 싶은 간식을 실컷 먹었어.

얼굴과 손등에 스티커도 나누어 붙였어.

누구 주머니에서 무엇이 나왔는지는 몰라.

어떤 것을 쪼그미가 만들어 냈는지도 몰라.

아이들 웃음도 간식처럼 자꾸자꾸 늘어났어.

어느새 동네 아이들이 놀이터로 잔뜩 모여들었어.

아이들은 달콤한 간식을 먹고 더 힘차게 뛰어놀았어.

놀이터에는 웃음 부스러기가 **그득그득** 차고 넘쳤어.

쪼그미에게는 사탕보다 젤리보다 달콤한 웃음이었지.

책곰이 단어장

책곰이랑 배워 볼까?

물건이 자꾸자꾸 사라지는 놀이터의 비밀, 재미있었어?

한 짝 도둑은 도깨비가 아니라 '쪼그미'였네.

받은 물건을 두 개, 세 개로 늘릴 수 있다니

책곰이도 쪼그미네 놀이터에 가 보고 싶어.

수연이와 친구들이 같이 고민해 준 덕분에

놀이터에 아이들 웃음소리가 가득해졌지?

더는 쪼그미가 물건을 한 짝씩 훔치지 않아도 되겠다.

그러면 책을 읽으면서 어려웠던 단어들을 살펴보자.

1) 수연이 양말 **한 짝**이 사라졌어.

이상하지? 놀이터에 가면 자꾸 물건이 사라진대. 그것도 한 짝만. 여기서 '짝'은 양말, 장갑, 신발처럼 둘이 하나로 움직이는 물건을 따로따로 세는 말이야. 양말은 두 짝을 같이 신어야 하는데, 한 짝이 없으니 큰일이네.

2) 엄마는 **도끼눈**을 떴어.

아무리 찾아도 양말은 안 보여. 집에 갔더니 엄마가 엄청나게 화를 냈지. 이번이 처음이 아닌가 봐. 화가 많이 나서 눈을 무섭게 뜨고 노려볼 때 '도끼눈'을 뜬다고 해. 엄마, 수연이 잘못이 아니니까 화 푸세요.

3) 미끄럼틀 계단부터 꼭대기까지 **샅샅이** 살폈어.

수연이는 하는 수 없이 놀이터로 다시 왔어. 몇 번이고 본 곳을 또 보았지. '샅'은 두 물건 사이에 난 틈, 빈 곳을 말해. 그러니까 '샅샅이'는 '틈이란 틈은 하나도 빠뜨리지 않을 정도로'라는 뜻이야. 양말에 발이라도 달린 걸까?

4) "아, **미끼**구나!"

그런데 전학 온 민호도 놀이터에서 신발 한 짝을 잃어버렸대. 도둑이 있나? 아니면 장난 좋아하는 도깨비? 수연이와 민호가 이제부터 알아내겠지? 미끼는 물고기를 잡을 때 낚싯바늘에 매다는 먹이야. 낚시해 본 친구들은 알지? 그런데 물고기 말고 마음도 미끼로 잡을 수 있나 봐. 누구를 내 편으로 만들거나 내 뜻대로 움직이게 하려고 쓰는 도구나 방법도 '미끼'라고 하거든. 과연 장난감 미끼로 도둑 도깨비를 잡을 수 있을까?

5) 한 번 더 꿈틀, 땅이 **용틀임**하더니 스르륵.

헉, 미끼가 통했나? 민호가 놓아둔 장난감 반쪽이 사라졌어. '용틀임'은 이리저리 비틀고 꼬면서 움직이는 것을 말해. 그림책을 보면, 용이 하늘로 올라갈 때 긴 몸을 꿈틀꿈틀 움직이잖아. 정말 땅속에 무언가 있나 보다.

6) **눈치 빠른** 유빈이가 얼른 머리를 풀었어.

한 번 더 해 보려는데, 유빈이가 나타났지. 유빈이는 똑똑하고 씩씩한 친구 같아. 언니 오빠가 무엇을 하려는지 금방 알고, 시키기도 전에 움직이잖아. 이렇게 남의 마음을 재빠르게 알아차릴 때 '눈치가 빠르다'라고 해. 유빈이 머리끈도 한 개만 사라질까?

7) 곧바로 민호가 달려와 수연이 **허리춤**에 매달렸어.

이번에는 수연이가 빨랐어. 얼른 달려가서 유빈이 머리끈을 움켜쥐었어. 수연이 뒤로 민호, 유빈이, 지나가던 승준이와 건이까지 달려와서 기차놀이하듯이 매달렸지. '허리춤'은 바지나 치마의 허리 안쪽을 가리켜. 머리끈 반대편에는 도대체 누가 있을까?

8) 아이들이 줄줄이 **나자빠졌어.**

"뽁!" 하는 소리와 함께 아이들이 뒤로 벌러덩 넘어졌어. 저쪽 끝에는 어른 손바닥만 한 털 뭉치가 매달려 있었지. '나자빠지다'는 뒤로 물러나면서 넘어지는 것을 말해. 맨 뒤에 있던 건이는 엄청 무거웠겠다. 털 뭉치 녀석, 힘이 꽤 세구나.

9) 수연이가 민호와 쪼그미를 **번갈아** 보았어.

요즘 놀이터에 아이들이 잘 안 와서 쪼그미는 배고팠고, 민호는 쓸쓸했대. 수연이는 민호와 쪼그미에게 앞으로 놀이터에 자주 오겠다고 했어. '번갈아'는 잠깐 동안 하나씩 차례를 바꾸어 가며 한다는 뜻이야. 민호 한 번 보고, 쪼그미 한 번 보았다는 말이지.

10) 쪼그미가 **우쭐거렸어.**

아니, 쪼그미가 마법을 부리다니! 쪼그미는 받은 물건을 두 개, 세 개로 늘릴 수 있대. '우쭐거리다'는 자기가 가진 것이나 잘하는 것을 보라는 듯이 자랑한다는 뜻이야. 놀이터에 웃음 부스러기가 가득해질 방법을 아이들이 찾은 것 같지?

친구들은 놀이터에서 자주 놀아?
학원 가느라 못 가는 친구들도 많고,
요즘은 아파트 놀이터에서 놀면
시끄럽다고 화내는 어른들도 있다더라.
놀이터는 말 그대로 노는 곳,
어린이들 마음껏 뛰놀라고 만든 곳이잖아.
친구들도 아는 걸 모르는 어른도 많은가 봐.
어린이가 즐거워야 어른도 행복해지는데.
쪼그미가 언제나 웃음 부스러기를
배부르게 먹을 수 있는 세상이 되면 좋겠어.

자녀의 읽기 독립을 돕는 부모님께

어떤 마음으로 자녀의 읽기 독립을 기다리시나요?

우리가 삶의 단계마다 새로운 경험치를 쌓듯이, 독자가 자라면 독서 경험도 달라져야 합니다. 그림책을 보다가 글이 많은 책을 만나게 되는 초등 저학년 시기는 순조로운 전환이 필요한 첫 단계입니다. 그게 어려워 독서 동기가 떨어지고 책을 멀리하게 되는 어린이가 꽤 많아요.

이 시기에는 아이에게 재미있는 이야기책을 선물해 주세요. 책의 내용도 흥미로워야 하지만, 낱말과 문장이 섬세하게 설계된 책이어야 합니다. 큰 힘을 들이지 않고도 술술 읽히는 책을 한 권씩 읽어 내면서 아동의 '읽기 효능감'이 점점 자라납니다.

문해력 발달의 빈익빈 부익부 현상을 마태 효과(Mattew Effect)라고 해요. 초등 저학년 때 잘 읽는 아이가 고학년, 청소년, 성인이 되어서도 문해력이 좋습니다. 어릴 때 읽기에 자신감이 있으면, 같은 시간 동안 더 많은 책을 더 즐겁게 읽게 되고 그 결과, 읽기 능력이 더 좋아지거든요.

그런데 자녀가 혼자서 책을 읽을 수 있게 되었다고 해서 "읽기 독립 만세!"를 외치고 말 일이 아닙니다. 아이가 무슨 책을 어떻게 읽고 있는지 관심을 가지고 계속 지켜봐 주세요. 부모님도 가끔은 어린이책을 함께 읽으며 내용에 관해 이야기 나눠 주시는 게 최선의 지도입니다.

특히 초등 저학년 시기에는 아이가 소리 내어 책 읽는 연습을 꾸준히 하도록 도와주시고, 이따금 부모님이 책을 읽어 주는 것도 추천합니다. 어른이 느낌을 살려 유창하게 읽는 것을 들으며 아동의 '읽기 유창성'이 더 발달하기 때문이에요. 읽기 유창성이 좋은 아이가 독해도 잘하게 됩니다.

어릴 때부터 아이에게 독해 문제집을 풀라고 강요하지 마시고, 아이 스스로 책 한 권을 다 읽어 내는 능력과 참을성을 기르도록 도와주세요. 조각난 지문만 읽으며 문제 풀이 요령부터 익히는 것이 아니라, 독서의 재미를 깨닫고 책 한 권을 전체적으로 이해할 수 있어야 진짜 문해력이 쌓입니다. 그런 문해력이 평생 공부의 밑거름이 됩니다.

서울대학교 아동가족학과 교수 **최나야**

678 읽기 독립 011

© 장희정, 김이조 2025

초판 1쇄 인쇄 2025년 1월 8일 ✦ 초판 1쇄 발행 2025년 1월 24일
ISBN 979-11-5836-512-7, 979-11-5836-404-5(세트)

펴낸이 임선희 ✦ 펴낸곳 ㈜책읽는곰 ✦ 출판등록 제2017-000301호
주소 서울시 마포구 성지길 48 ✦ 전화 02-332-2672~3 ✦ 팩스 02-338-2672 ✦ 홈페이지 www.bearbooks.co.kr
전자우편 bear@bearbooks.co.kr ✦ SNS Instagram@bearbooks_publishers

책임 편집 우진영 ✦ 책임 디자인 김은지
편집 우지영, 이다정, 최아라, 박혜진, 김다예, 윤주영, 도아라, 홍은채 ✦ 디자인 김지은, 윤금비
마케팅 정승호, 배현석, 김선아, 이서윤, 백경희 ✦ 경영관리 고성림, 이민종 ✦ 저작권 민유리
협력업체 이피에스, 두성피앤엘, 월드페이퍼, 원방드라이보드, 해인문화사, 으뜸래핑, 문화유통북스